Copyright © 2013 Angel Barcelos

Todos os direitos reservados pela Editora Yellowfante. Nenhuma parte desta publicação poderá ser reproduzida, seja por meios mecânicos, eletrônicos, seja via cópia xerográfica, sem a autorização prévia da Editora.

EDIÇÃO GERAL
Sonia Junqueira

EDIÇÃO DE ARTE E PROJETO GRÁFICO
Christiane Silva

REVISÃO
Aline Sobreira

Dados Internacionais de Catalogação na Publicação (CIP)
(Câmara Brasileira do Livro, SP, Brasil)

Barcelos, Angel
  Meu irmão não anda, mas pode voar / Angel Barcelos ; ilustrações Manoel Veiga. -- 2.ed. -- Belo Horizonte : Yellowfante, 2022.

  ISBN 978-85-513-0733-5

  1. Literatura infantojuvenil I. Veiga, Manoel. II. Título.

19-31500   CDD-028.5

Índices para catálogo sistemático:
  1. Literatura infantil   028.5
  2. Literatura infantojuvenil   028.5

Maria Alice Ferreira - Bibliotecária - CRB-8/7964

A **YELLOWFANTE** É UMA EDITORA DO **GRUPO AUTÊNTICA**

Belo Horizonte
Rua Carlos Turner, 420
Silveira . 31140-520
Belo Horizonte . MG
Tel.: (55 31) 3465-4500

São Paulo
Av. Paulista, 2.073, Conjunto Nacional
Horsa I, Sala 309 . Cerqueira César
01311-940 . São Paulo . SP
Tel.: (55 11) 3034-4468

www.editorayellowfante.com.br
SAC: atendimentoleitor@grupoautentica.com.br

ANGEL BARCELOS . texto
MANOEL VEIGA . ilustrações

Meu irmão não anda, mas pode voar

2ª edição

Yellowfante

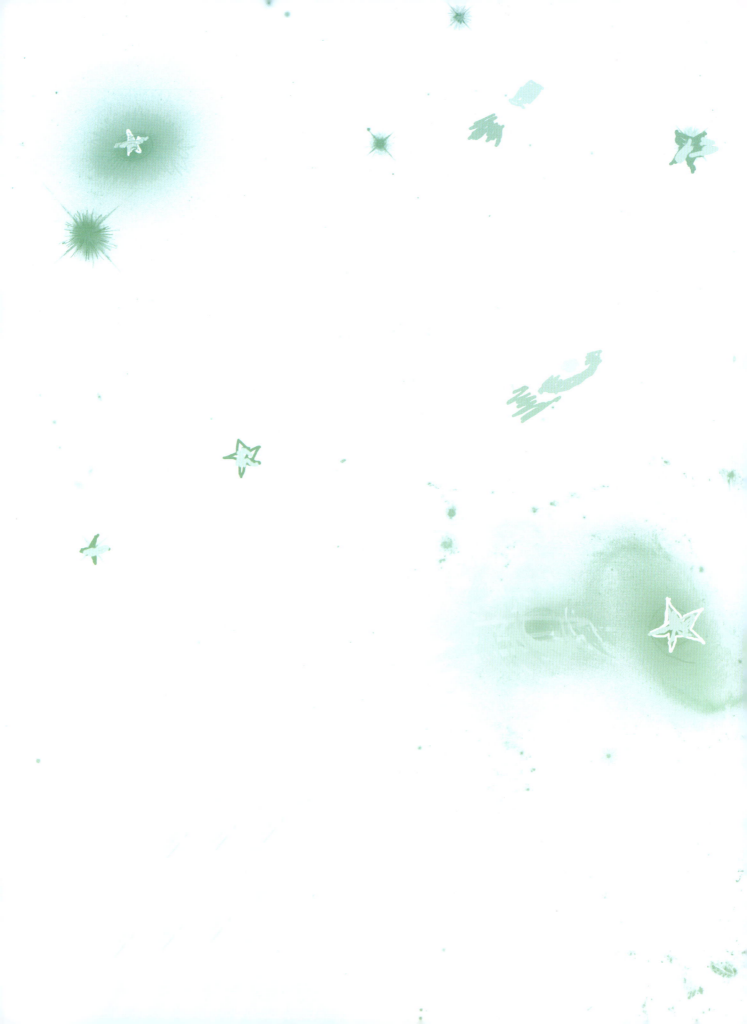

*Para minha mãe e meu pai,
que me deram três lindas irmãs
e uma família que é só amor.*

*Para William Barcelos,
pelo amor incondicional.*

Minhas amigas todas têm: os irmãozinhos chegam sempre pequenininhos, lindos e fofos, parecem bonequinhos. Saem das barrigas enormes das mães. Depois vão crescendo e aí podem brincar com elas.

Então, no meu aniversário de sete anos, ganhei o melhor presente do mundo: mamãe falou que logo o meu irmãozinho ia chegar.

Achei muito estranho, porque a barriga dela nem tinha crescido! Como, então, o meu irmãozinho ia chegar?

Foi mais estranho ainda quando ele chegou. Não era um bebê, não era pequeno, era maior do que eu! E não podia andar!

E que tinha buscado ele no orfanato.

Orfanato é o lugar onde as crianças ficam esperando uma mãe, um pai e uma irmãzinha como eu.

No começo, foi estranho, mas depois achei foi muito bom ter um irmão do coração.

Quer saber? Meu irmão foi mesmo o meu melhor presente de aniversário!

A gente brinca, conversa, assiste TV, vai ao cinema, vai à escola... Fazemos muitas coisas juntos. Somos amigos.

E tem mais: o João não pode andar, mas descobri que pode voar!

Voa na cadeira de rodas pra todo lado.

Também voa bem quietinho, sem sair do lugar, mas ele diz que é nessa hora que vai mais longe.

É que ele tem asas na imaginação!

Ele pode voar pra muitos lugares, conhecer mundos mágicos com fadas, gênios, reis, rainhas, príncipes e princesas, monstros, bruxas e dragões... e até bichos que falam!

Eu sempre vou junto!...

A autora

Nasci e moro em Belo Horizonte. Leio e trabalho com livros a vida toda.

Viajo pelo Brasil trabalhando com livros, mas me sinto feliz mesmo é quando volto pra casa, pra família, pra Belo Horizonte...

Sempre acalentei um sonho que julgava impossível: escrever pra crianças. Até que, um dia, ouvi a entrevista de uma grande escritora, que disse: "só escreve quem lê, só sabe escrever quem sabe ler".

Então, pensei: se gosto tanto de ler, também posso escrever... Assim surgiu este meu primeiro livro, *Meu irmão não anda, mas pode voar*, que fala sobre nossas limitações e nos ajuda a descobrir que podemos fazer tudo o que quisermos, basta a gente dar asas à imaginação.

Angel Barcelos

O ilustrador

Nasci em Recife, PE. Moro em São Paulo há 15 anos e adoro viajar. Sou nômade por natureza e continuo sempre sonhando em viajar mais ainda. Na infância, quis ser arqueólogo, historiador, astrônomo, aviador, analista de sistemas, etc., etc. Trabalhei com física experimental (coisas como átomos, *lasers* e vácuo), até que me formei em Engenharia Eletrônica. Desenhar mesmo, só quando eu era bem pequeno e depois, quando fiquei bem grande. Assim, passei quatro anos trabalhando numa fábrica. Um dia, abandonei tudo, e hoje sou artista plástico, faço pintura, desenho, fotografia... e amo tudo isso! Ando mostrando o que faço pelo Brasil e pelo mundo. Só recentemente comecei a ilustrar livros, graças a um amigão, gaúcho gremista, e tenho curtido demais essa experiência. Sou pai da Lina, e este quarto livro que fiz é dedicado a ela, assim como todos os que virão!

Esta obra foi composta com a tipografia Sassoon Primary, fonte criada pela *designer* Rosemary Sassoon, com base em pesquisas, para crianças em processo de aprendizagem de leitura e escrita. Impressa em papel Offset 120 g/m² na Formato Artes Gráficas